CLÁSSICOS DA
LITERATURA UNIVERSAL

UMA CRIATURA DÓCIL

O livro é a porta que se abre para a realização do homem.

JAIR LOT VIEIRA

FIÓDOR DOSTOIÉVSKI

UMA CRIATURA DÓCIL
CONTO FANTÁSTICO

Tradução
Natália Petroff

VIA LEITURA

Copyright desta edição © 2017 by Edipro Edições Profissionais Ltda.

Título original: *ElaKrotkaia (Кроткая)*. Publicado originalmente na Rússia (São Petersburgo) em 1876.

Todos os direitos reservados. Nenhuma parte deste livro poderá ser reproduzida ou transmitida de qualquer forma ou por quaisquer meios, eletrônicos ou mecânicos, incluindo fotocópia, gravação ou qualquer sistema de armazenamento e recuperação de informações, sem permissão por escrito do editor.

Grafia conforme o novo Acordo Ortográfico da Língua Portuguesa.

1ª edição, 2017.

Editores: Jair Lot Vieira e Maíra Lot Vieira Micales
Edição de texto: Marta Almeida de Sá
Produção editorial: Carla Bitelli
Capa: Marcela Badolatto | Studio Mandragora
Preparação de texto: Denise Gutierres Pessoa
Revisão da tradução: Oleg Andreev Almeida
Revisão: Lucas Puntel Carrasco e Marta Almeida de Sá
Editoração eletrônica: Estúdio Design do Livro

Dados Internacionais de Catalogação na Publicação (CIP)
(Câmara Brasileira do Livro, SP, Brasil)

Dostoiévski, Fiódor, 1821-1881.
    Uma criatura dócil / Fiódor Dostoiévski; tradução e notas de Natália Petroff. – São Paulo: Via Leitura, 2017.

    Título original: *ElaKrotkaia*; 1ª ed. 1876.

    ISBN 978-85-67097-47-3

    1. Uma criatura dócil I. Petroff, Natália. II. Título.

17-05788   CDD-891.73

Índice para catálogo sistemático:
1. Ficção : Literatura russa 891.73

VIA LEITURA
São Paulo: (11) 3107-4788 • Bauru: (14) 3234-4121
www.vialeitura.com.br • edipro@edipro.com.br
@editoraedipro   @editoraedipro

CAPÍTULO PRIMEIRO

NOTA DO AUTOR

Peço desculpas aos meus leitores, por dar-lhes apenas um conto desta vez, e não um "diário" em sua forma habitual. Mas na verdade estive ocupado com esse conto a maior parte do mês. De qualquer modo, peço que sejam condescendentes.

Agora sobre a história em si. Dei-lhe o título de *Conto fantástico*, embora a considerasse altamente real. Porém de fato existe aqui algo de fantástico, na própria forma da história, o que considero necessário explicar antes de tudo.

O fato é que não é um conto nem são memórias. Imaginem um marido cuja esposa, uma suicida, jaz sobre a mesa e algumas horas antes se jogara da janela. Ele está confuso e ainda não conseguiu organizar os pensamentos. Andando pelos quartos, tenta perceber o sentido daquilo que acontecera, "reunir os pensamentos em um ponto". Além disso, ele é um hipocondríaco inveterado, desses que falam sozinhos.

É o que está fazendo agora, falando consigo, contando o acontecido, esclarecendo tudo para si mesmo. Não obstante a aparente sequência do discurso, ele se contradiz diversas vezes, tanto na lógica quanto nos sentimentos. Justifica-se e acusa a mulher e lança-se em justificativas paralelas, cheias de grosseria de pensamento e de coração e, ao mesmo tempo, de um sentimento profundo. Aos poucos ele realmente esclarece o caso para si e junta os "pensamentos em um ponto". Uma série de lembranças evocadas por ele o levam enfim, inexoravelmente, à verdade; a verdade eleva sua mente e seu coração de maneira irrefutável. No fim, até o tom da história se altera em comparação ao início desordenado. A verdade se abre bastante clara e definida para o infeliz, ao menos para ele.

Eis o tema. É claro que o processo do conto perdura por várias horas, de forma fragmentada, interrompida e confusa – ora ele fala para si mesmo, ora como se se dirigisse a algum ouvinte invisível, algum juiz. Mas é assim que sempre ocorre na realidade. Se um taquígrafo pudesse anotar escondido tudo o que ele disse, sairia um tanto mais áspero, menos trabalhado do que imaginei, porém, assim me parece, a ordem psicológica provavelmente permaneceria inalterada. E essa suposição sobre o estenógrafo que tudo anotasse é exatamente aquilo (depois do que eu daria um acabamento a tudo o que foi escrito) que chamo de fantástico nesse conto. Em parte, algo semelhante já foi permitido na arte. Victor Hugo, por exemplo, em sua obra-prima *O último dia de um condenado*, utilizou quase o mesmo artifício e, embora não tenha recorrido ao estenógrafo, permitiu-se uma inverdade ainda maior ao supor que o condenado à pena de morte pudesse fazer anotações (e tivesse tempo para isso) não só no seu derradeiro dia, mas também na última hora e literalmente no último minuto. Porém, se não houvesse essa fantasia, não teria existido nem a própria obra – a mais real e a mais verdadeira de todas que ele escreveu.

I. QUEM ERA EU E QUEM ERA ELA

Então, enquanto ela está aqui, ainda está tudo bem: eu me aproximo a cada minuto e olho para ela. Mas quando a levarem, amanhã, como ficarei sozinho? Ela está agora na sala, sobre duas mesas de jogo postas juntas; o caixão virá amanhã, todo branco, forrado de tafetá branco... mas não é sobre isso. Continuo andando e querendo esclarecer tudo para mim mesmo. Estou já há seis horas tentando esclarecer, mas não consigo juntar os pensamentos em um ponto. Acontece que eu ando, ando, ando... Foi assim que tudo aconteceu. Vou simplesmente contar pela ordem. (Ordem!) Senhores, não sou nenhum escritor, vocês podem ver isso, mas não importa, vou contar como eu mesmo entendo. Aí é que está todo o horror: eu entendo tudo!

Se quiserem saber, ou seja, contando desde o início, ela vinha então, simplesmente, penhorar suas coisas comigo, para pagar uma publicação no jornal

UMA CRIATURA DÓCIL

*Gólos*¹ dizendo que ela, governanta, aceitava viajar, dar aulas em casa etc. etc. Assim era bem no começo, e eu, claro, não a diferenciava das outras pessoas: vinha, como todos, e tal. Depois comecei a perceber a diferença. Ela era toda magrinha, cachinhos loiros, estatura média. Comportava-se comigo sempre meio sem jeito, como se estivesse intimidada (penso que com todos os outros ela também era assim, enquanto eu, é claro, tanto fazia se era esse ou aquele; não estou falando de quem fazia a penhora, mas como pessoa). Apenas recebia o dinheiro e imediatamente se virava e ia embora. Sempre calada. A maioria discute muito, pede, barganha para receber mais. Esta não: o que lhe davam estava bom. Parece que estou outra vez confuso... Então, fiquei espantado primeiro com as coisas dela: brinquinhos

---

¹ O jornal *Gólos* ["A voz"], de São Petersburgo, publicou em 1876 a notícia do suicídio de Maria Boríssova, jovem costureira de Moscou que se mudara para a capital do Império em busca de uma vida melhor. Lutando com dificuldade para sobreviver, solitária e desesperada, ela acabou se jogando do alto de um prédio agarrada a uma imagem da Virgem Maria. O caso de imediato chamou a atenção de Dostoiévski. (N. T.)

banhados de prata, um medalhãozinho mixuruca – coisas que não valem mais que duas grívnias.[2] Ela também sabia quanto valiam; eu, porém, via pelo seu rosto que para ela tinham o valor de uma joia, e realmente eram tudo o que lhe sobrara de seu pai e sua mãe, fiquei sabendo depois.

Só uma vez me permiti rir dessas coisas. Ou seja, sabem, nunca me permito fazer isto, meu trato com o público é de cavalheiros, poucas palavras, educado e sério. "Sério, sério e sério." Mas ela de repente se permitiu trazer uns restos, digo literalmente, de um coletinho velho de pele de coelho, e eu não aguentei e de súbito disse algo, como um gracejo. Deus do céu, como ela se encolerizou! Os olhos azuis, enormes, pensativos, mas como brilharam! Ela não disse uma palavra, pegou seus "restos" e saiu. Foi então que, pela primeira vez, eu a notei de maneira *especial* e pensei algo assim a seu respeito, quer dizer, algo realmente especial. Sim, lembro-me de mais uma impressão, melhor, a principal impressão, se

---

[2] Na época de Dostoiévski, moeda equivalente a dez copeques (um copeque equivale a um centavo de rublo). (N. T.)

quiserem, a síntese de tudo: que era incrivelmente jovem, tão jovem, não parecia ter mais que catorze anos. No entanto, estaria completando dezesseis em três meses. Aliás, não era isso o que eu queria dizer, absolutamente, não ficava aí a síntese. Ela voltou no dia seguinte. Depois eu soube que levara o coletinho à loja do Dobronrávov e do Mozer, mas eles, além de ouro, não aceitam nada nem discutem o assunto. Eu, porém, aceitei um camafeu dela (assim, ruinzinho), e, pensando no assunto mais tarde, espantei-me: também não aceito nada além de ouro e prata, mas para ela permiti o camafeu. Este foi o segundo pensamento a seu respeito, eu me lembro bem.

Desta vez, quero dizer, depois do Mozer, ela trouxe uma piteira de âmbar para charuto, uma coisinha mais ou menos, para entendidos, só que novamente não tinha valor algum, porque nós aqui aceitamos somente ouro. Uma vez que vinha após o motim de ontem, eu a recebi severo. Severo para mim é ser seco. No entanto, ao entregar-lhe dois rublos, não resisti e disse um tanto quanto irritado: "Afinal eu faço isto somente para a senhora, uma coisa como esta Mozer não aceita". Dei uma ênfase especial às palavras "para a senhora", para que soasse com um *certo sentido*. Estava zangado. Mais uma vez ela se encolerizou, ao escutar este "para a senhora", porém ficou calada, não largou o dinheiro, aceitou – isso é que é pobreza! Mas como se enfureceu! Percebi que conseguira alfinetá-la. E quando ela já tinha saído, de repente perguntei para mim mesmo: será que este triunfo vale dois rublos? Hehehe! Lembro que me perguntei exatamente isto duas vezes: "Vale a pena? Vale a pena?". E rindo respondi, cá para mim, afirmativamente. Fiquei muito alegre. Mas este sentimento não era ruim: foi intencional, com sentido; queria testá-la, porque de repente certas ideias começaram a vagar pela minha cabeça. Essa fora a minha terceira ideia especial sobre ela.

E foi então que tudo começou. Obviamente, logo procurei descobrir todas as circunstâncias discretamente e passei a aguardar sua chegada com uma impaciência especial. Porque eu pressentia que ela viria logo. Quando chegou, iniciei uma conversa amável, com uma cortesia incomum. Afinal, sou razoavelmente educado e tenho bons modos. Hummm... Foi aí que percebi que ela era bondosa e dócil. Os bondosos e dóceis não resistem por muito tempo e, embora não se abram muito, não conseguem de maneira alguma se esquivar de uma conversa: respondem de forma parca, mas respondem, e à medida que prosseguem falam mais e mais, basta o interlocutor não se cansar, se a necessidade for real. Naturalmente ela mesma não me explicou nada naquela época. Foi depois que descobri sobre o *Gólos* e todo o resto. Ela gastava os últimos tostões para colocar o anúncio; primeiro, claro, de forma arrogante: "Governanta, concorda em viajar, enviar condições pelo correio", mudando o tom depois para: "Governanta, aceita tudo, ensinar, ser dama de companhia, cuidar da casa, cuidar de doente, também sei costurar" etc. etc., o de sempre. Naturalmente tudo isso ia se avolumando a cada publicação, e por fim, quando chegou o desespero, até mesmo "sem salário, somente pela refeição" ela escreveu. Não, não encontrou um lugar! Decidi, então, testá-la pela última vez. De repente peguei o jornal de hoje e mostrei-lhe o anúncio: "Jovem, órfã de pai e mãe, procura lugar para ser governanta de crianças pequenas, de preferência de um viúvo de idade. Pode ajudar nos afazeres da casa".

– Aqui, veja, este foi publicado hoje de manhã. Certamente já no final do dia deve ter encontrado um emprego. Assim é que se deve anunciar!

De novo ela enrubesceu, outra vez os olhos brilharam, virou-se e tratou de sair. Gostei muito desse gesto. Aliás, naquele momento eu já tinha certeza de tudo e nada temia, pois ninguém, claro, iria aceitar as piteiras. E ela nem as possuía mais. Como eu previra, ela apareceu no terceiro dia, tão palidazinha, agitada – percebi que algo ocorrera em sua casa, e de fato ocorrera. Já, já eu explico o que houve, mas primeiro quero só lembrar como me fiz então de chique e como cresci aos seus olhos. De repente veio-me essa intenção. Acontece que ela trouxe aquela imagem (tomou coragem para trazer)... Ah, ouçam, ouçam! Agora tudo está tomando forma, porque antes eu só me confundia... Ocorre que quero lembrar agora de tudo, cada coisinha, cada detalhezinho. Quero juntar todos os pensamentos em um ponto e não consigo, por causa desses detalhezinhos, detalhezinhos...

Era uma imagem da Virgem Maria. A Virgem com o menino, uma imagem da casa, da família, antiga, a moldura de prata dourada, custando... bem, uns seis rublos. Percebi que a imagem lhe é cara, ela a estava penhorando assim, inteira, sem retirar da moldura. Eu lhe disse: seria melhor tirar a moldura e levar a imagem, porque a imagem, afinal, talvez... não sei.

– Por quê? É proibido?

– Não, não que seja proibido, mas assim... Pode ser que para a senhora mesma...

– Então tire.

– Sabe, não vou tirar, vou colocar no oratório – falei depois de ponderar –, com as outras imagens, debaixo da lamparina (desde que abri a casa de penhores, sempre mantive a lamparina acesa), e simplesmente pegue dez rublos.

– Não preciso de dez, me dê cinco, eu prometo que pago.

– Não vai querer dez? A imagem vale – acrescentei, ao perceber que seus olhos faiscavam novamente. Ela se manteve calada. Eu trouxe os cinco rublos.

– Nunca despreze ninguém, eu mesmo passei por apertos, piores que os seus, e se hoje a senhora me vê nesta ocupação... depois de tudo o que passei...

– O senhor está se vingando da sociedade? Está? – interrompeu-me de súbito com um ar de zombaria amargo e ao mesmo tempo tão inocente (aliás, como um todo, porque ela decididamente não me diferenciava dos outros na época, de modo que falou quase sem maldade). "A-ha!", pensei, "é assim que você é, o caráter se revelando em uma nova direção!"

– Veja – observei imediatamente, entre bem-humorado e enigmático. – "Eu, eu sou parte daquela parte do todo que quer fazer o mal, mas faz o bem..."

Ela olhou para mim na hora, com uma curiosidade quase infantil:

– Espere... que pensamento é esse? De onde vem? Ouvi em algum lugar...

– Não quebre a cabeça, assim Mefisto se apresenta para Fausto. Já leu o *Fausto*?

– Não... não com atenção.

– Então não leu. Mas deve. Aliás, vejo outra vez um sinal de desdém nos lábios da senhora. Por favor, não vá imaginar que eu tenha tanto mau gosto a ponto de, para disfarçar o meu papel de penhorista, querer aparecer como Mefisto para a senhora. Sou e permanecerei um penhorista. Sabemos disso.

– O senhor é meio estranho... eu não quis lhe dizer nada assim... de jeito nenhum.

Ela queria dizer: "Não esperava que o senhor fosse uma pessoa culta", só que não disse; mas eu sabia que ela havia pensado isso. Agradei demais a ela.

– Veja – observei –, é possível fazer o bem em qualquer campo. Claro que não estou falando de mim, eu, digamos, não faço nada além de coisas ruins, mas...

– Claro que é possível fazer o bem também em qualquer lugar – ela falou, lançando-me um olhar rápido e bastante expressivo. – Justamente em qualquer lugar – acrescentou de repente. Ah, eu me lembro, lembro de todos esses instantes! E também quero acrescentar que, quando essa juventude, essa doce juventude, deseja dizer algo assim inteligente e significativo, de repente demonstra no rosto com muita sinceridade e ingenuidade: "atenção, estou dizendo agora algo inteligente e significativo" –, não por vaidade, como nós aqui fazemos, mas você percebe que ela mesma valoriza muito tudo isso, e crê e respeita, e acha que os senhores também respeitam tudo isso exatamente assim como ela. E que sinceridade! Com ela é que se vence. E como ficava adorável nela!

Lembro-me de tudo, não esqueci nada! Quando ela saiu, tomei imediatamente a decisão. Nesse mesmo dia saí em minha última busca e descobri sobre ela toda a verdade mais secreta que me restava saber. A verdade secreta anterior eu já soubera toda por intermédio da Lukéria, que na época trabalhava para eles e que já subornei alguns dias antes para isso. Essa verdade era tão terrível que não entendo como ainda era possível rir, como ela fizera há pouco, e estar curiosa sobre as palavras de Mefisto, estando ela mesma neste pesadelo. Porém, são jovens! Foi exatamente o que pensei sobre ela então com orgulho e alegria, porque aqui residia também a magnanimidade: mesmo estando à beira do perecimento, ainda assim as palavras de Goethe brilhavam para ela. A juventude, nem que seja um pouquinho, ou de maneira torta, consegue sempre ser generosa. Ou seja, afinal estou falando dela, só dela. E, o mais importante, na ocasião eu já a considerava minha e não duvidava do meu poder. Sabem, doce e louco esse pensamento, quando já não se duvida mais.

Mas o que há comigo? Se continuar assim, não conseguirei juntar tudo em um ponto! Rápido, rápido – não é este o assunto, oh meu Deus!

2. PEDIDO DE CASAMENTO

A "verdade secreta" que descobri sobre ela vou explicar em uma só palavra: o pai e a mãe morreram, faz tempo já, três anos antes disso, ficando ela com as tias desregradas. Aliás, chamá-las de desregradas é pouco. Uma tia é viúva, de família grande, seis crianças em escadinha; a outra é solteirona, velha, perversa. Ambas são perversas. O pai era funcionário público, do tipo escriturário, e apenas um nobre de fato, sem transferência de título por herança. Em resumo, estava tudo a meu favor. Eu era como que vindo de um mundo superior: afinal, um tenente- -capitão reformado de um regimento brilhante, nobre de nascença, independente etc.; quanto à casa de penhores, era só mais um motivo para que as tias olhassem com respeito. Foi escrava das tias por três anos e ainda assim passou no exame em um lugar qualquer – teve tempo de passar, conseguiu uma deixa em meio ao trabalho diário impiedoso, afinal isso indicava alguma busca, da parte dela, por algo superior e nobre! E, afinal, para que eu queria me casar? Mas tanto faz sobre mim, isso vem depois... não vem ao caso! Ensinava as crianças da tia, costurava suas roupas, e no final não só cuidava das roupas, mas também lavava o chão, com aquele peito doente. Simplificando, até batiam nela, e ralhavam por cada pedaço de pão. Chegaram a pensar em vendê-la. Que nojo! Vou deixar os detalhes sórdidos de lado. Depois ela me contou tudo com detalhes. Isso foi observado durante um ano pelo gordo comerciante vizinho, não um simples comerciante, mas dono de duas mercearias. As duas primeiras esposas ele matara, de maus-tratos; agora procurava por uma terceira, e eis que a vislumbrou: "Quieta, por assim dizer, cresceu na pobreza, vou me casar pelos órfãos". De fato, ele tinha órfãos. Pediu-a em casamento, passou a combinar com as tias. Além de tudo, era cinquentão. Ela ficou horrorizada. E eis que passou a vir aqui por conta dos anúncios no *Gólos*. Finalmente começou a pedir às tias ao menos um pouquinho de tempo para pensar. Elas lhe concederam esse pouquinho, mas só um pouquinho mesmo, e passaram a atormentar: "Nem nós temos o que comer, mesmo sem uma boca extra". Eu já sabia de tudo isso, e naquele dia, depois do evento da manhã, resolvi tudo. Então, à noite, veio o comerciante, trouxe uma libra de balas por cinquenta copeques. Quando ela se sentou com ele, chamei Lukéria, que estava na cozinha, e pedi que lhe sussurrasse que estou no portão e desejo dizer-lhe algo urgente. Fiquei satisfeito comigo mesmo. E passei o dia todo muito satisfeito.

Aqui, no portão mesmo, expliquei para ela, que estava espantada até pelo fato de eu a ter chamado, na frente da Lukéria, que para mim será uma felicidade e uma honra... E em seguida, para que não se espantasse com os meus modos e por ser no portão: "Sou pessoa direta", disse, "e estudei as circunstâncias do caso". E não menti que era direto. Ah, não tem importância. Afinal, tinha uma fala não só decente, ou seja, mostrava que era pessoa com educação, como também original, e isso é o principal. Por quê? Por acaso é pecado confessar sobre isso? Quero me julgar e estou me julgando. Devo expor os prós e os contras e exponho. Mesmo mais tarde me lembrava disso com prazer, embora fosse bobo: simplesmente informei então, sem nenhum constrangimento, que em primeiro lugar não sou muito talentoso, não sou muito inteligente, talvez até nem mesmo muito bondoso, um egoísta bastante contumaz (lembro-me dessa expressão, que inventei pelo caminho e fiquei satisfeito) e que muito, mas muito provavelmente, tenho dentro de mim várias coisas desagradáveis também em outros sentidos. Tudo isso foi dito com um tipo especial de orgulho, claro, como isso se fala. Obviamente, eu tinha tanto gosto ao anunciar as minhas faltas com nobreza que não comecei a enumerar as qualidades: "Mas, em vez disso, tenho isso e aquilo". Percebi que ela ainda estava com muito medo, porém não facilitei em nada; além disso, vendo esse medo, forcei de propósito: falei diretamente, que não passará fome; quanto a roupas, teatros, bailes, disso nada terá, a não ser depois, quando eu tiver alcançado os meus objetivos. Decididamente esse tom severo me encantava. E acrescentei, também da forma mais casual possível, que se assumi uma atividade dessa, ou seja, já que tenho essa casa de penhores, é porque meu objetivo é um só, pois, disse, existia uma circunstância assim... Afinal eu tinha o direito de falar desse jeito: de fato tinha esse propósito e essa circunstância. Esperem, senhores, fui o primeiro a odiar essa casa de penhores, e, no fundo, embora seja ridículo falar consigo mesmo por meio de frases enigmáticas, pois, eu realmente, realmente, realmente "me vingava da sociedade"! De maneira que o gracejo que ela fizera de manhã sobre o fato de eu "me vingar" era injusto. Ou seja, vejam, tivesse eu dito diretamente: "Sim, eu me vingo da sociedade", ela teria gargalhado, como antes de manhã, e teria ficado de fato engraçado. Enquanto mencionando indiretamente, soltando uma frase enigmática, ficou patente que é possível cativar a sua imaginação. Além disso, eu então já nada temia, afinal eu sabia que o comerciante gordo de qualquer forma lhe era mais repugnante que eu, e que, assim parado perto do portão, sou um libertador. Afinal eu entendia isso. Ah, sim, de baixezas o homem entende bem! Mas será que são baixezas mesmo? Como então julgar um homem? Por acaso já não a amava naquela ocasião?

Esperem, é claro que naquela hora não lhe disse nem uma palavra sobre a filantropia que estava praticando; pelo contrário, sim, pelo contrário: "Eu é que sou beneficiado, não a senhora". Pois até expressei isso com palavras, não resisti, e pode talvez ter saído bobo, porque percebi uma leve dobra na sua testa. Mas, em suma, decididamente venci. Esperem, se for me lembrar de toda essa sujeira, vou também recordar da última vileza: fiquei parado, enquanto a minha cabeça elucubrava: você é alto, esbelto, bem-educado e, finalmente, falando sem ostentação, não é feio. Era isso que transitava na minha mente. Claro, ela respondeu imediatamente, no portão, que "sim". Mas... Mas devo acrescentar: aqui mesmo no portão ela demorou para pensar, antes de pronunciar o "sim". Ficou tão pensativa, tão pensativa, que quase lhe perguntei: "E então?", e até nem resisti, perguntei num certo tom chique: "E então, senhorita?" – usei a palavra "senhorita".

– Espere, estou pensando.

E o seu rostinho tinha uma expressão tão séria, tão séria, que já naquela hora eu podia ter decifrado! No entanto, fiquei magoado: "Não posso crer que ela está escolhendo entre mim e o comerciante!". Ah, eu não entendia nada, ainda não entendia nada então! Até hoje não tinha entendido! Lembro, Lukéria correu no meu encalço, quando já ia embora, parou-me pelo caminho e disse de repente: "Deus lhe pague, senhor, por levar a nossa senhorita querida, só não lhe conte isso, ela é orgulhosa".

Mas que orgulhosa! Eu mesmo gosto das orgulhosinhas, sabem. As orgulhosas são boas, em especial quando... bem, quando já não se tem dúvida quanto ao seu poder sobre elas, não é? Oh, ser baixo, embrutecido! Ah, como eu estava satisfeito! Sabem, afinal, quando ela estava no portão, pensativa para me dizer "sim", enquanto eu estranhava, sabem, ela podia ter um pensamento assim: "Desgraça por desgraça, não seria melhor escolher o pior de uma vez, ou seja, o comerciante gordo, deixar que ele me mate de uma vez quando estiver bêbado!". Então, o que acham, poderia haver um pensamento como esse?

E ainda agora não compreendo, e ainda agora não compreendo nada! Acabo de dizer que ela podia ter tido esse pensamento: qual das duas desgraças seria a pior a escolher, o comerciante? E quem, então, seria o pior para ela? Eu, ou o comerciante? O comerciante, ou o agiota, que citava Goethe? Isso sim era uma dúvida! Que dúvida? Nem isso você entende: enquanto a resposta repousa sobre a mesa, você fala em "dúvida"! Eu que me dane! A questão não está em mim... Por sinal, que diferença faz agora se está ou não? Isso já não consigo resolver, de jeito nenhum. Melhor seria ir dormir. Minha cabeça dói...

3. O MAIS NOBRE DOS HOMENS – SÓ QUE NEM EU ACREDITO

Não consegui adormecer. E como poderia, se uma pulsação estranha martela na minha cabeça? Quero assimilar tudo isso, toda essa sujeira. E que sujeira! Oh, de que sujeira eu a resgatei então! Afinal ela devia entender isso, dar valor à minha atitude! Também me agradavam vários pensamentos, por exemplo, o de que eu estava com quarenta e um anos, enquanto ela acabara de completar dezesseis. Isso me seduzia, essa sensação de desigualdade, isso é muito doce, muito doce.

Eu, por exemplo, queria celebrar o casamento à inglesa, ou seja, definitivamente a dois, na presença de no máximo duas testemunhas, sendo Lukéria uma delas, e depois direto para o trem, nem que fosse só para Moscou, por exemplo (lá, por sinal, surgiu mesmo um negócio), para um hotel, por umas duas semanas. Ela se recusou, não admitiu, e eu me vi obrigado a ir ter com as tias, que eram parentes, apresentar meus respeitos por estar lhes tomando a sobrinha. Cedi, e às tias foi prestado o que lhes era devido. Até presenteei com cem rublos cada uma dessas criaturas sórdidas, prometendo mais; sobre isso para ela nada contei, bem entendido, para não magoá-la com a baixeza da situação. Imediatamente as tias tornaram-se uma seda. Houve uma discussão também sobre o enxoval: ela não possuía nada, quase literalmente, mas também nada queria. Consegui convencê-la, no entanto, de que não era possível sem nada, e quem fez o enxoval fui eu, pois quem afinal faria alguma coisa para ela? Também, não importa. Entretanto, acabei conseguindo transmitir-lhe várias das minhas ideias, para que as conhecesse ao menos. Pode ser que tenha me apressado, até. O importante é que, por mais que ela se esforçasse, atirou-se para mim com amor desde o começo, aguardava-me quando eu chegava tarde à noite, contava balbuciando com entusiasmo (aquele adorável balbuciar cheio de inocência!) tudo sobre a sua infância, sobre quando era um bebê, sobre a casa paterna, sobre o pai e a mãe. Mas eu dei logo um banho de água fria em todo esse êxtase. Exatamente aqui é que residia a minha ideia. Aos arroubos eu respondia com silêncio, condescendente, é claro... porém, ela percebeu rapidamente que existia uma diferença entre nós e que eu era um enigma. E, principalmente, eu reforçava a ideia do enigma! Afinal, para criar o enigma, talvez tenha feito também toda essa estupidez! Primeiro, fui severo. E severo eu a trouxe para a casa. Em resumo, na ocasião, apesar de estar satisfeito, criei um sistema completo. Sim, sem o menor esforço, ele se formou sozinho. E nem podia ter sido diferente, cabia-me criar esse sistema por uma circunstância incontornável: por que estou me caluniando, afinal? O sistema era verdadeiro. Não, ouçam; se for para julgar uma pessoa, que seja conhecendo a causa... Ouçam.

Como posso começar? – porque isso é muito difícil. Quando se começa a justificar, torna-se difícil. Vejam: os jovens desprezam, por exemplo, o dinheiro – comecei imediatamente a apertar pelo dinheiro. E apertei tanto que ela passou a se calar mais e mais. Arregalava os olhos, escutava, olhava e se calava. Vejam bem: a juventude é generosa, ou seja, a juventude bondosa é generosa e impetuosa, mas tem pouca tolerância: qualquer coisa, lá vem o desprezo. Enquanto isso, eu queria a grandiosidade, queria incutir a grandiosidade direto no coração, no olhar do coração, não é mesmo? Tomarei um exemplo reles: como eu poderia explicar, por exemplo, a minha casa de penhores para alguém com essa índole? Obviamente eu não falava direto, senão pareceria que estou pedindo desculpas pela casa de penhores, mas eu, por assim dizer, agia pelo orgulho, falava praticamente calado. Sou um mestre em falar calado, passei toda a minha vida falando calado, vivi comigo mesmo tragédias inteiras em silêncio. Ah, eu também era tão infeliz! Fui rejeitado por todos, jogado fora e esquecido, e ninguém, ninguém sabe disso! E de repente essa garota de dezesseis anos colhe detalhes sobre mim de canalhas e pensa que sabe tudo, enquanto o que é secreto permanece no peito dessa pessoa! Ficava calado o tempo todo, principalmente com ela eu me calava, até o dia de ontem. Por que fiquei calado? Porque sou uma pessoa orgulhosa. Queria que ela descobrisse sozinha, sem mim, e não pelo que lhe tinham contado aqueles canalhas, mas adivinhando sozinha quem era tal pessoa e acabando por compreendê-la! Ao recebê-la em minha casa, eu desejava pleno respeito. Desejava que ela permanecesse na minha frente em súplica pelos meus sofrimentos – e eu valia isso! Ah, sim, sempre fui orgulhoso, e sempre desejei ou tudo, ou nada! E exatamente por não aceitar a felicidade pela metade, por tê-la desejado por inteiro, exatamente por isso fui obrigado a agir assim, na ocasião: "Ora, descubra sozinha e avalie!". Porque, hão de concordar comigo, se eu começasse a explicar tudo para ela, a sugerir, a fazer rodeios e pedir respeito, seria como se eu estivesse pedindo esmola... No entanto... no entanto, por que estou falando sobre isso?!

Tolo, tolo, tolo, tolo! Direto e sem piedade (e repito, fui impiedoso), expliquei-lhe então, em poucas palavras, que a generosidade da juventude é encantadora, porém não vale um centavo. Por que não vale? Porque foi alcançada sem esforço, sem ter vivido tudo isso; por assim dizer, são "as primeiras impressões da vivência", no entanto vamos ver como isso fica na prática! Uma generosidade barata é sempre fácil, e até dar a vida também é barato, porque aqui o sangue está fervendo, existe um excesso de energia, uma vontade apaixonada por algo belo! Não, tome uma façanha generosa, dura, silenciosa, inaudível, sem brilho algum, mas caluniosa, com muitas vítimas e nem uma gota de fama – onde o leitor, pessoa radiante, é visto por todos como um canalha, sendo, no entanto, a mais honesta das pessoas. Vamos, experimente essa façanha, não – o leitor se recusaria! E eu, só o que fiz a vida inteira foi carregar essa façanha. Primeiro ela discutia, e como! Depois começou a silenciar, completamente até, só arregalava os olhos de um jeito incrível, escutando, grandes, olhos assim grandes, atentos. E... e além do mais, de repente vi um sorriso, incrédulo, silencioso, mau. E foi com esse sorriso que eu a trouxe para a minha casa. Também é verdade que ela já não tinha mais para onde ir...

4. PLANOS E MAIS PLANOS

Quem de nós dois começou?

Ninguém. A coisa começara sozinha desde o primeiro passo. Eu disse que a trouxera para casa com severidade, mas já no primeiro passo tornei-me mais brando. Ainda quando era noiva, foi-lhe explicado que passaria a receber os penhores e a entregar o dinheiro, e ela na ocasião não disse nada (anotem isso). E mais, ela assumiu o trabalho até com afinco. Sim, é claro que a casa, a mobília, tudo permaneceu como estava. O apartamento consiste em dois cômodos: um é a sala grande, com o caixa também isolado, e o outro, também grande, é o nosso quarto, meu e dela, que é o dormitório. Tenho pouca mobília, até a das tias era melhor. O meu oratório com a lamparina fica na sala, onde está o caixa, mas no meu quarto fica o meu armário e dentro dele alguns livros, e um baú, as chaves estão comigo. Bem, há uma cama, mesas, cadeiras. Quando ainda éramos noivos, eu lhe disse que destinaria um rublo por dia, e nada mais, para o nosso sustento, ou seja, para a comida, para nós três, eu, ela e Lukéria, que atraí para nós: "Vou precisar de trinta mil em três anos, caso contrário, não conseguirei guardar dinheiro". Ela não se opôs, mas eu mesmo aumentei o sustento em trinta copeques. Também o teatro. Eu disse para a noiva que não haverá teatro, mas mesmo assim determinei que uma vez por mês teatro haveria, de forma digna até, nas poltronas. Fomos juntos, por três vezes, assistimos a *Perseguindo a felicidade* e *Aves canoras*, parece. (Oh, não importa, não importa!) Fomos calados e voltamos calados. Por que, por que é que desde o começo passamos a ficar em silêncio? Afinal, não havia brigas no começo, mas havia o silêncio. Ela, lembro, me olhava então de soslaio, de forma estranha; assim que percebi isso, reforcei o silêncio. Na verdade, quem insistiu no silêncio fui eu, não ela. Do lado dela houve um ou outro ímpeto, lançava-se para me abraçar, mas como os ímpetos eram mórbidos, histéricos, e eu precisava de uma felicidade segura, com respeito da parte dela, então os recebi com frieza. E tive razão: todas as vezes que havia um ímpeto, no dia seguinte acontecia uma briga.

Quero dizer, brigas não havia, mas de novo havia o silêncio e, cada vez mais, um ar insolente da parte dela. "Rebelião e independência" – eis o que havia, só que ela não conseguia. Sim, esse rosto dócil ficava cada vez mais insolente. Acreditem se quiserem, eu começava a parecer asqueroso para ela, pois observei isso. E que ela tinha explosões de fúria e se descompunha, disso não havia dúvida. Como, por exemplo, depois de sair dessa sujeira e miséria, depois de lavar o chão dos outros, começar de repente a desdenhar da nossa pobreza! Vejam, senhores, não era pobreza, era economia, e onde era necessário havia luxo até, na roupa, por exemplo, na limpeza. Sempre imaginei que a limpeza no marido seduzisse a esposa. Aliás, não era para a pobreza, mas para a minha pretensa avareza na economia: "Metas, parece, tem, está mostrando firmeza de caráter". Do teatro de repente resolveu desistir sozinha. E a ruga irônica entre os olhos ficava mais e mais profunda... enquanto isso, eu reforçava o silêncio, reforçava o silêncio.

Não vou me justificar, não é mesmo? O mais importante aqui é a casa de penhores. Desculpem, senhores, eu sabia que uma mulher, e ainda de dezesseis anos, não podia deixar de submeter-se completamente ao marido. As mulheres não são originais, isso é um axioma, até mesmo agora, para mim, é um axioma! O que é então que está deitado na sala: verdade é verdade, e aqui nem o próprio Mill[3] consegue fazer alguma coisa! Mas a mulher apaixonada, ah, sim, a mulher apaixonada consegue endeusar até os pecados, até as maldades do ser amado. Ele mesmo não consegue encontrar justificativas para si à altura das que ela é capaz de achar. Isso é generoso, mas não original. As mulheres foram derrotadas somente pela falta de originalidade. Então o que, repito, o que os senhores estão me indicando ali sobre a mesa? Por acaso isso é original, o que está sobre a mesa? Ai, ai, ai!

Ouçam: sobre o amor dela eu estava seguro na ocasião. Ela se lançava no meu pescoço então. Quer dizer que me amava, ou melhor, desejava amar.

---

[3] John Stuart Mill, filósofo e economista inglês, autor de *A submissão da mulher* e defensor do utilitarismo (que afirma que as ações são boas quando tendem a promover a felicidade e más quando tendem a promover o oposto da felicidade). (N. T.)

Sim, assim é que era: ela desejava amar, procurava o amor. O mais importante nisso é que nem havia maldades para as quais ela precisasse procurar justificativas. Os senhores dizem "agiota!", e todos dizem. E daí que sou agiota? Significa que existiam razões para que o mais magnânimo dos homens se torne um agiota. Vejam, senhores, existem ideias... vejam, se formos falar de uma ideia diferente, externá-la com palavras, o resultado será muito bobo. Uma vergonha para si mesmo. E por quê? Não há porquê. Porque nenhum de nós presta, nem a verdade suportamos, ou sei lá. Eu disse agora "o mais magnânimo dos homens". Isso é engraçado, mas por outro lado foi bem assim. Afinal isso é verdade, a mais pura verdade! Sim, eu tinha o direito de querer assegurar o meu futuro abrindo essa casa de penhores: "Vocês me rejeitaram, vocês, as pessoas, vocês me expulsaram com um silêncio de desdém. Responderam ao meu ímpeto apaixonado com uma ofensa para toda a vida. Agora, pois, tenho o direito de colocar uma parede de proteção contra os senhores, juntar esses trinta mil rublos e terminar a minha vida em algum lugar na Crimeia, na Costa Sul, nas montanhas e nos vinhedos, na minha propriedade, comprada com esses trinta mil, e, o mais importante, longe de todos os senhores, mas sem raiva pelos senhores, com um ideal na alma, com a mulher amada junto do coração, com a família, se Deus mandar, e ajudando os camponeses ao redor". Claro, é bom que eu esteja dizendo isso agora para mim mesmo, mas o que poderia ser mais tolo se então o tivesse dito em voz alta para ela? Eis por que também o silêncio orgulhoso, eis por que ficávamos calados. Porque o que será que ela teria entendido? Afinal, dezesseis anos, tenra juventude, e o que ela poderia entender das minhas justificativas, do meu sofrimento? Estamos diante da sinceridade, mas sem diplomacia, com desconhecimento da vida, crenças juvenis gratuitas, cegueira noturna "dos corações formosos", e, principalmente, temos aqui uma casa de penhores, e basta! (Por acaso fui um vilão na casa de penhores, por acaso ela não via como eu agia ou se embolsava o excedente?) Oh, como é terrível a verdade terrena! Essa doçura, essa criatura dócil, esse céu, era uma tirana, uma tirana insuportável, torturadora da minha alma! Se não contar isso, estarei mentindo! Os senhores pensam que eu não a amava? Quem pode dizer que eu não a amava? Vejam, isso é uma ironia, uma ironia cruel do destino e da natureza! Somos amaldiçoados, a vida das pessoas é amaldiçoada em tudo! (A minha, especialmente!) Entendo agora que me enganei em alguma coisa! Algo saiu errado. Tudo estava claro, o meu plano era claro como o céu: "Frio, orgulhoso, e não precisa de consolo moral de ninguém, sofre calado". Assim era realmente, eu não menti, não menti! "Ela mesma vai perceber mais tarde que eu agia com grandeza, que somente ela não soube apreciar, e assim que perceber isso em algum momento dará um valor dez vezes maior, e se aniquilará, juntando as mãos em súplica." Este é o plano. Acho que me esqueci de alguma coisa aqui, ou deixei passar despercebido. Não consegui fazer algo. Mas basta, basta. Para quem pedir perdão agora? Se acabou, então acabou. Coragem, homem, seja orgulhoso! Não é você o culpado!...

Bem, vou dizer a verdade, não temerei ficar frente a frente com a verdade: ela é a culpada, ela é a culpada!...

5. A DÓCIL SE REBELA

As brigas começaram com o fato de que ela resolveu de repente distribuir dinheiro à sua maneira, avaliar os objetos acima do valor e até me honrou um par de vezes entrando em discussão comigo sobre esse tema. Não concordei. Mas então surgiu essa viúva do capitão.

A velha viúva veio com um medalhão, presente do finado marido, um suvenir, claro. Eu lhe dei trinta rublos. Ela começou a lamentar-se, queixosa, pediu para ficarmos com o objeto; claro, vamos ficar. Em suma, de repente ela volta, depois de cinco dias, para trocá-lo por um bracelete que não valia nem oito rublos. Eu, naturalmente, me neguei. Pode ser que ela tenha adivinhado naquele momento algo nos olhos da minha mulher, pois voltou quando eu não estava, e a outra trocou-lhe o medalhão.

Ao descobrir tudo, nesse mesmo dia, comecei a conversa de forma suave, mas com firmeza e sensatez. Ela estava sentada na cama, olhando para o chão, batendo com a ponta do pé direito no tapetinho (gesto típico dela); e tinha um sorriso perverso nos lábios. Então eu, sem absolutamente levantar a voz, anunciei com calma que o dinheiro é meu, que tenho o direito de ver a vida com meus olhos, e que, quando a convidara para a minha casa, afinal, eu não escondera nada.

Ela se levantou de um pulo e de repente começou a tremer e – imaginem só! – a bater os pés para mim; era um animal, era um ataque, era um animal tendo um ataque. Fiquei paralisado de assombro: nunca imaginei ver um excesso desse. Mas não fiquei desorientado, não fiz nenhum movimento e de novo anunciei com a mesma voz calma que daquele dia em diante eu a liberava de sua participação nas minhas atividades. Ela gargalhou na minha cara e saiu da casa.

Ocorre que ela não tinha o direito de sair de casa. Sem mim, para lugar nenhum, este tinha sido o acordo, ainda quando noiva. No final do dia ela voltou. Não abri a boca.

Na manhã seguinte também saiu, e na seguinte de novo. Tranquei o caixa e fui procurar as tias.

Tinha cortado relações já desde o casamento – nem elas vêm, nem nós vamos. Então ficou evidente que ela não estivera com as tias. Elas me escutaram com curiosidade e riram também na minha cara: "Bem feito", disseram. Mas eu já esperava que rissem. Na hora subornei a tia mais nova, a virgem, por cem rublos, dando vinte e cinco adiantados. Depois de dois dias ela veio a minha casa: "Tem um oficial tenente envolvido nisso, o Iefímovitch, antigo colega seu do regimento". Fiquei muito espantado. Esse Iefímovitch foi o que mais me causou mal no regimento, e por volta de um mês atrás, vez ou outra, sendo desavergonhado, visitou a casa como se fosse penhorar alguma coisa e, lembro bem, começou a rir então com a minha mulher. Eu me aproximei naquele momento e lhe disse que não ousasse vir aqui, lembrando-o das nossas relações; mas não tive nem ideia de algo assim, simplesmente pensei que ele era um insolente. E agora de repente a tia informa que ele já tem um encontro marcado com ela e que todo o negócio está sendo arranjado por uma antiga conhecida das tias, Yúlia Samsónovna, ainda por cima viúva de coronel: "É lá que sua esposa tem ido ultimamente".

Vou resumir essa história. O assunto chegou a me custar uns trezentos rublos, mas em dois dias combinamos que eu iria ficar no quarto vizinho, atrás da porta encostada, escutando o primeiro *rendez-vous* íntimo da minha mulher com Iefímovitch. Durante essa espera, ocorreu no dia anterior entre nós uma cena curta, porém significativa demais para mim.

Ela voltou antes do anoitecer, sentou-se na cama olhando para mim com ar de zombaria, e o pezinho batendo no tapete. Naquela hora, olhando para ela, veio de súbito uma ideia a minha mente, a de que todo este último mês, ou melhor, nas duas últimas semanas, ela se comportara de maneira completamente diversa de sua natureza; posso até dizer – com a natureza ao contrário –; era uma criatura violenta, que atacava, não posso dizer sem-vergonha, mas alienada e em busca de confusão. Pedia por confusão. A docilidade, no entanto, atrapalhava. Quando uma mulher assim começa a enlouquecer, mesmo que passe da conta, fica ainda visível que está forçando e incitando a si mesma e que ela é a primeira a não conseguir vencer a sua castidade e seu pudor. Eis por que pessoas como ela passam às vezes demais dos limites, a ponto de você não acreditar em sua própria mente, que as observa. Por outro lado, a alma familiarizada com a depravação, pelo contrário, será sempre moderada, agirá de maneira mais asquerosa, aparentando, porém, ordem e decência, com a pretensão de levar vantagem sobre os senhores.

– É verdade que o regimento o expulsou porque o senhor se acovardou diante da possibilidade de ter de enfrentar um duelo? – ela perguntou de repente, do nada, e seus olhos brilharam.

– Verdade; pela sentença dos oficiais, pediram que eu me retirasse do regimento, embora eu mesmo já antes disso tenha feito um pedido de baixa.

– Eles o expulsaram como a um covarde?

– Sim, me sentenciaram como um covarde. Só que eu me recusei a duelar não como um covarde, mas porque não queria obedecer à sua sentença tirânica e intimar alguém para um duelo quando eu mesmo não via ofensa. Saiba – aqui não consegui me conter – que revoltar-se com uma ação contra essa tirania e aceitar todas as consequências significou demonstrar muito mais coragem do que em qualquer duelo.

Não me contive e, com essa frase, como que passei a me defender, e era exatamente o que ela queria – essa minha nova humilhação. Ela riu maldosa.

– E é verdade que depois o senhor passou três anos nas ruas de São Petersburgo como um mendigo, pedindo uma grívnia, dormindo debaixo das mesas de bilhar?

– Também dormi na Siénnaia,[4] na casa do Viázemski. Sim, é verdade, depois do regimento houve muita vergonha e decadência na minha vida, mas não decadência moral, porque fui o primeiro a odiar os meus atos já então. Isso era só uma fraqueza da minha vontade e da minha mente, causada apenas pelo desespero, por causa da minha situação. Mas isso passou...

– Oh, agora o senhor é importante, um financista!

Era uma indireta sobre a casa de penhores. Mas tive tempo de me conter. Eu percebia que ela estava ansiosa por explicações que fossem humilhantes

---

[4] Praça do Feno (em tradução literal), no centro de São Petersburgo, também conhecida como Praça da Paz, entre 1963 e 1991, e onde em 1737 foi estabelecido um mercado de feno, lenha e gado. (N. T.)

para mim, e não as dei. Por sorte chegou um freguês, e saí para atendê-lo na sala. Já passada uma hora, quando ela de repente se vestiu para sair, parou na minha frente e falou:

– O senhor, no entanto, não me disse nada sobre isso antes do casamento!

Não respondi; ela saiu.

E assim no dia seguinte eu estava em pé nesse quarto, atrás da porta, e escutava como o meu destino se decidia; no meu bolso havia um revólver. Ela estava arrumada, sentada à mesa, e Iefímovitch exibia-se na sua frente. Então aconteceu aquilo (digo isso pela minha honra), aconteceu exatamente aquilo que eu pressentia e previa, mesmo não reconhecendo que pressinto e prevejo isso. Não sei se estou sendo claro.

Aconteceu assim. Escutei por uma hora inteira, e por uma hora inteira presenciei o duelo de uma mulher nobilíssima e sublime com uma criatura mundana, depravada e estúpida, com alma de réptil. E onde, pensava eu, chocado, onde essa inocente, essa pessoa dócil, de poucas palavras, aprendeu tudo isso? O mais esperto dos autores da comédia em moda não seria capaz de criar essa cena cheia de zombaria, do mais ingênuo dos risos e do santo desprezo da virtude pelo pecado. Quanto brilho havia em suas palavras e nas expressões apimentadas; quanta sutileza nas respostas rápidas, quanta verdade na sua reprovação! E, ao mesmo tempo, aquela simplicidade de menina. Ela ria na cara dele, ria das suas confissões de amor, dos seus gestos, das suas propostas. Tendo vindo para uma tomada de ação rude, ele nem desconfiava que haveria resistência, e de repente simplesmente afundou. Eu poderia pensar, de início, que aqui ela simplesmente flertava – "um flerte, mesmo que com uma criatura depravada, mas espirituosa, para se vender mais caro". Mas não; a verdade brilhou como um sol e ficou impossível duvidar. Só em nome do ódio por mim, fingido e impulsivo, ela, inexperiente, podia ter decidido aventurar-se nesse encontro, mas, chegada a ação, seus olhos se abriram imediatamente. A criatura simplesmente se debatia para me ofender com o que quer que fosse, porém ao se decidir por essa sujeira não suportou a confusão. Por acaso ela, pura e desprovida de pecados, uma idealista, seria seduzida por Iefímovitch ou por qualquer uma dessas bestas mundanas? Pelo contrário, ele despertou somente o riso. Toda a verdade ergueu-se em sua alma, e a raiva despertou o sarcasmo em seu coração. Repito, este palhaço caiu em estupor completo no final, e sentado ali, carrancudo, mal respondia, de modo que passei até a temer que se atrevesse por fim a ofendê-la por vingança. Repito: para a minha honra, ouvi essa cena quase sem nenhum espanto. Como se eu tivesse encontrado algo conhecido. Como se tivesse buscado isso. Fui sem acreditar em nada, em nenhuma acusação, apesar de ter levado o revólver no bolso – é verdade! Por acaso eu podia imaginá-la diferente? Por que razão, afinal, eu a amava, por que a valorizava, por que me casei com ela? Oh, claro, fiquei muito convicto sobre o quanto ela me odiava então, mas me convenci também de quão pura ela era. Interrompi a cena de repente, abrindo a porta. Iefímovitch pulou, eu tomei a mão dela e a convidei para sair comigo. Iefímovitch voltou a si e de repente soltou uma sonora e estrondosa gargalhada:

– Ah, não vou protestar contra os direitos sacrossantos do matrimônio, leve-a, leve-a! E, sabe – gritou, quando eu estava de costas –, mesmo que um homem decente não possa duelar com o senhor, mas em consideração à sua senhora estou a sua disposição... Se o senhor mesmo, aliás, quiser se arriscar...

– Está ouvindo? – eu a fiz parar por um segundo na soleira.

Depois, durante todo o caminho não dissera nem uma palavra. Eu a levava pela mão, ela não resistia. Pelo contrário, estava imensamente espantada, mas só até chegar em casa. Lá, ela se sentou numa cadeira, o olhar fixo em mim. Estava extremamente pálida; embora os lábios já tenham assumido aquele ar de zombaria, ela me olhava com um desafio solene e grave e, parece, ficara seriamente convicta nos primeiros minutos de que eu a mataria com o revólver. Mas, em silêncio, tirei-o do bolso e o coloquei sobre a mesa. Ela olhava para mim e para o revólver. (Observem: ela já conhecia esse revólver. Foi comprado e carregado desde a abertura da casa. Ao abrir a casa de penhores, decidi não manter nem cães enormes, nem um empregado forte, como Mozer faz, por exemplo. Aqui quem abre a porta para os visitantes é a cozinheira. Mas quem lida com ofício como o nosso não pode privar-se, por via das dúvidas, de autodefesa, então também arranjei um revólver carregado. Nos primeiros dias, assim que entrou em minha casa, ela passou a se interessar muito pelo revólver, fazia perguntas, e eu até expliquei como é feito e como funciona, além disso, eu a convenci a atirar em um alvo. Notem tudo isso.) Não dando atenção ao seu olhar assustado, deitei-me semivestido na cama. Estava muito esgotado, já eram quase onze horas. Ela ainda permaneceu sentada no mesmo lugar, sem se mover, por cerca de uma hora; em seguida apagou a vela e deitou-se, também vestida, no sofá perto da parede. Pela primeira vez não se deitou comigo – notem isso também...

6. UMA LEMBRANÇA ATERRORIZANTE

E agora essa lembrança aterrorizante...

Acordei de manhã, por volta das oito horas, e o quarto já estava quase claro. Acordei de uma vez, em plena consciência, e abri os olhos. Ela estava em pé perto da mesa, segurando o revólver. Não viu que acordei e que estava olhando. Percebi que ela começou a se aproximar de mim com o revólver nas mãos. Rapidamente fechei os olhos e fingi que dormia profundamente.

Ela se aproximou da cama e se inclinou sobre mim. Eu ouvia tudo, apesar de reinar um silêncio absoluto, eu ouvia esse silêncio. Então aconteceu um movimento convulsivo – e de repente, foi irresistível, abri os olhos contra a minha vontade. Ela olhava bem para mim, nos meus olhos, o revólver já próximo da minha têmpora. Nossos olhares se encontraram. Mas ficamos nos fitando não mais que um segundo. Fechei os olhos com firmeza outra vez, e nesse mesmo instante decidi com todas as forças da minha alma que não irei mais me mexer nem abrir os olhos, não importando o que me aguardasse.

    Na verdade, mesmo uma pessoa profundamente adormecida pode de repente abrir os olhos, até erguer a cabeça por um segundo e examinar o quarto, mas depois de um instante coloca a cabeça de novo no travesseiro, sem consciência, e adormece, sem se lembrar de nada depois. Quando, ao encontrar o olhar dela e sentir o revólver na minha têmpora, fechei os olhos e não me mexi, como se estivesse profundamente adormecido, ela certamente poderia supor que realmente estou adormecido e que não vi nada, principalmente porque é absolutamente improvável que, depois de ter visto o que vi, pudesse voltar a fechar os olhos num instante assim.

    Sim, improvável. Mas ela também podia adivinhar a verdade – exatamente isso fulminou a minha mente, nesse mesmo momento. Ah, que turbilhão de pensamentos, sentimentos passados em menos de um segundo em minha mente, bendita seja a eletricidade da mente humana! Nesse caso (isso eu senti), se ela adivinhara a verdade e sabia que não estou dormindo, então eu já a esmagara com minha prontidão para receber a morte, e agora a mão dela talvez tremesse. A decisão anterior poderia se despedaçar com esta nova impressão extraordinária. Dizem que os que estão nas alturas são como que atraídos para baixo, para o abismo. Penso que muitos suicídios e assassinatos acontecem só porque o revólver já se encontrava nas mãos da pessoa. Estamos também diante do abismo, numa via de quarenta e cinco graus, pela qual é impossível não deslizar, sendo que algo desafia de maneira insuperável a apertar o gatilho. Mas a consciência de que eu vi tudo, sei de tudo e aguardo em silêncio a morte que virá dela poderia fazê-la resistir ao deslizamento.

O silêncio continuou, e de repente senti na minha têmpora, entre os cabelos, o toque frio do metal. Os senhores irão perguntar: estaria eu firmemente convicto de que me salvaria? Vou responder, como que perante Deus: não tinha nenhuma esperança, a não ser talvez uma chance em cem. Por que então eu aceitava a morte? E eu pergunto: para que eu precisaria da vida depois de o revólver me ter sido apontado pela criatura por mim adorada? Além disso, eu sabia com toda a força do meu ser que está acontecendo uma luta entre nós, nesse exato instante, um pavoroso duelo de vida ou morte, o duelo desse mesmo covarde de ontem, banido pelos colegas por covardia. Eu sabia isso e ela sabia, se apenas adivinhara a verdade de que não estou dormindo.

Pode ser que isso nem tenha acontecido, pode ser, eu nem imaginara isso então, porém tinha de acontecer, mesmo que sem o pensamento, porque eu só fazia pensar sobre isso cada hora da minha vida.

Mas os senhores novamente farão uma pergunta: por que então não a salvou da maldade? Ah, mil vezes me fiz essa mesma pergunta – toda vez que me lembrei daquele segundo foi com um frio na espinha. Mas a minha alma se encontrava então num desespero sombrio: eu estava morrendo, eu mesmo estava morrendo, então quem eu poderia salvar? E como os senhores sabem se eu ainda ia querer salvar alguém? Como saber o que eu podia sentir na ocasião?

A percepção, no entanto, fervia; os segundos passavam, o silêncio era mortal; ela permanecia debruçada sobre mim – e de repente estremeci de esperança! Rapidamente abri os olhos. Ela já não estava no quarto. Levantei-me da cama: eu venci, ela estava vencida para sempre!

Fui para o quarto do samovar. Ele ficava no primeiro quarto, e o chá era sempre servido ali por ela. Sentei-me à mesa em silêncio e aceitei dela um copo de chá. Cerca de cinco minutos depois eu a olhei de relance. Estava muito pálida, ainda mais que ontem, e me fitava. De repente – de repente, vendo que meu olhar estava voltado para ela, deu um sorriso pálido de desprezo, com os lábios pálidos, uma indagação tímida nos olhos. Assim, pois, ainda duvida e se pergunta: "Será que ele sabe, ou não sabe, viu ou não viu?". Desviei o olhar com indiferença. Depois do chá, tranquei o caixa, fui ao mercado e comprei uma cama de ferro e biombos. Ao voltar para casa, mandei que colocassem a cama na sala e a cercassem com os biombos. A cama era para ela, mas eu não disse nada. Ela entendeu mesmo sem palavras, vendo a cama, que eu "vi tudo e sei de tudo" e já não existem mais dúvidas. Antes de dormir, deixei o revólver, como sempre, em cima da mesa. À noite, ela se deitou em silêncio em sua cama nova: o casamento estava desfeito: "Vencida, porém não perdoada". À noite ela delirou e, pela manhã, estava com febre. Ficou seis semanas de cama.

CAPÍTULO SEGUNDO

I. O SONO DO ORGULHO

Lukéria agora informou que não irá morar comigo, assim que tiverem enterrado a madame sairá. Rezei de joelhos por cinco minutos, mas queria rezar uma hora, e continuo pensando, pensando, pensamentos mórbidos e cabeça atormentada. Para que rezar? – só há pecado nisso! Estranho também que não tenho vontade de dormir: quando se está passando por uma dor muito grande, depois das primeiras explosões violentíssimas, sempre se quer dormir. Os condenados à morte, dizem, dormem extremamente bem na última noite. E é preciso que seja assim, é a natureza, senão ninguém teria forças... Deitei-me no sofá, mas não adormeci...

Durante as seis semanas da doença, cuidamos dela dia e noite – eu, Lukéria e uma enfermeira letrada do hospital, que contratei. Não poupava dinheiro, até queria gastar com ela. O médico que chamei foi o Schroeder; paguei a ele dez rublos por visita. Quando ela voltou a si, fiquei menos visível aos seus olhos. No entanto, o que estou descrevendo? Quando ela se recuperou completamente, sentou-se em meu quarto, silenciosa, à mesa especial, que também comprei para ela nessa época... Sim, é verdade, estávamos completamente calados, quer dizer, até começamos depois a falar, mas só coisas corriqueiras. Eu, claro, não me expandia de propósito, mas percebi muito bem que ela como que estava feliz de não dizer nem uma palavra supérflua. Isso me pareceu completamente natural da sua parte: "Ela está chocada demais e se sente vencida", eu pensava, "e, é claro, é preciso dar-lhe a oportunidade de esquecer e se acostumar". Assim, ficávamos calados, mas a cada minuto me preparava em silêncio para o futuro. Pensei que ela estivesse fazendo o mesmo, e para mim era muito divertido ficar adivinhando: sobre o que exatamente ela estará pensando agora, em silêncio?

Direi mais: ah, é claro, ninguém sabe o que eu passei, chorando ao lado dela durante sua doença. Mas chorava em silêncio, e os gemidos eu reprimia no peito até para Lukéria. Não podia imaginar, não podia nem conceber a ideia de que ela acabaria morrendo sem saber de tudo. Então, quando o perigo passou e a saúde começou a voltar, lembro que me acalmei bastante e bem rápido. Além disso, tomei a decisão de adiar o nosso futuro tanto quanto possível e deixar por enquanto tudo como está. Ah, sim, então aconteceu comigo algo estranho e diferente, não consigo identificar de outra forma: eu triunfei, e só essa consciência já se mostrou suficiente para mim. E assim se passou todo o inverno. Oh, eu estava satisfeito, como nunca estive, e isso durante o inverno todo.

Estão vendo: na minha vida havia uma circunstância externa terrível que até então, ou seja, até acontecer a catástrofe propriamente dita com minha mulher, me sufocava o tempo todo, a saber: a perda da reputação e aquela saída do regimento. Em resumo: uma injustiça tirânica foi feita contra mim. É verdade, meus companheiros não gostavam de mim por causa do meu caráter difícil, talvez por causa do meu caráter ridículo, apesar de frequentemente acontecer assim, aquilo que é sublime para uma pessoa, íntimo e reverenciado, ao mesmo tempo pode provocar risos na maioria de seus colegas, por alguma razão. Ah, mesmo na escola jamais gostaram de mim. Não fui querido nunca em lugar nenhum. Lukéria também não consegue gostar de mim. O caso, porém, no regimento, embora tenha sido uma consequência do desamor por mim, sem dúvida tinha um caráter informal. Quero mostrar com isso que não existe nada mais ofensivo e intolerável que perecer por causa de um acontecimento que poderia ocorrer ou não, em decorrência do acúmulo de circunstâncias infelizes que poderiam ter passado despercebidas, como nuvens. O acontecimento foi o seguinte.

Durante o intervalo no teatro, fui até a cantina. O hussardo A, entrando de repente, começou a contar em voz alta para outros dois companheiros hussardos, perante todos os oficiais e o público aqui presente, que no corredor o capitão do nosso regimento, Bezúmtsev, acabara de fazer um escândalo "e parece que está bêbado". A conversa não evoluiu, e houve aqui um erro, porque o capitão Bezúmtsev nem sequer estava bêbado, e o escândalo na verdade não foi um escândalo. Os hussardos passaram a conversar sobre outra coisa, e assim o caso terminou, porém no dia seguinte a anedota infiltrou-se em nosso regimento, e aqui passaram a falar imediatamente que eu estava sozinho na cantina e, quando o hussardo A se referiu de maneira insolente ao capitão Bezúmtsev, eu não me aproximei do A e não o interrompi com uma repreensão. Mas por que eu o faria? Se ele tinha algo contra Bezúmtsev, era assunto pessoal deles, por que eu haveria de me envolver? Nesse meio-tempo os oficiais passaram a considerar que o assunto não era pessoal, mas envolvia também o regimento, e como dos oficiais do nosso regimento só eu estava presente, demonstrei com isso, para todos os oficiais presentes na cantina e o público, que no nosso regimento pode haver oficiais não tão sensíveis sobre sua honra e a do regimento. Eu não podia concordar com essa consideração. Fui informado de que ainda poderia consertar tudo, se mesmo agora, apesar de já ser tarde, eu quisesse me explicar formalmente para A. Eu não quis isso, e, irritado, recusei com orgulho. Imediatamente em seguida pedi para ser reformado. Eis toda a minha história. Saí orgulhoso, porém destruído no espírito. Decaí quanto à vontade e à mente. Nesse momento aconteceu que o marido da minha irmã em Moscou perdeu nossa pequena fortuna, incluindo a minha parte, uma parte minúscula, então fiquei na rua sem um centavo. Eu poderia começar um negócio meu, mas não comecei:

depois do uniforme reluzente, não podia ir a um lugar qualquer na estrada de ferro. Assim, já que era preciso passar vergonha, vexame, degradação e quanto pior, melhor, eis o que escolhi. Restaram três anos de lembranças sombrias e até a casa do Viázemski. Um ano e meio atrás, morreu em Moscou minha madrinha, uma velha rica, que me deixou para mim, e também a outros herdeiros, três mil de herança. Refleti e na hora decidi meu destino. Resolvi abrir a casa de penhores, sem pedir licença a ninguém: o dinheiro, depois um canto, uma vida nova, longe das antigas lembranças – eis o plano. Não obstante, meu passado obscuro e minha honra para sempre maculada me consumiam a cada hora, a cada minuto. Mas então me casei. Se por acaso ou não, não sei. Sei que, ao trazê-la para casa, pensava estar trazendo uma amiga, afinal eu precisava muito de um amigo. Porém via claramente que o amigo precisava ser preparado, finalizado e até vencido. E por acaso eu podia explicar alguma coisa, logo no começo, para essa preconceituosa de dezesseis anos? Por exemplo, como eu poderia, sem a ajuda acidental da terrível catástrofe acontecida com o revólver, convencê-la de que não sou covarde e de que fui acusado injustamente no regimento? Mas a catástrofe veio a calhar. Tendo suportado o revólver, eu me vinguei de todo o meu passado sombrio. E, embora ninguém soubesse, ela sabia, e isso era tudo para mim, porque ela mesma era tudo para mim, toda a minha esperança no futuro dos meus sonhos! Ela era a única pessoa que eu preparava para mim, e nem precisava de outra, e então ela soube de tudo, ela soube, pelo menos, que se apressara injustamente a juntar-se aos meus inimigos. Essa ideia me maravilhava. Aos olhos dela eu já não podia ser um canalha, só talvez uma pessoa esquisita, mas mesmo essa ideia agora, depois de tudo o que se passou, não deixava de me agradar: a esquisitice não é um defeito, pelo contrário, às vezes atrai o caráter feminino. Em suma, propositalmente afastei o desenlace: aquilo que se passou era mais que suficiente por enquanto para o meu sossego, e continha cenas e conteúdo abundantes para os meus devaneios. É aqui que reside a maldade, pois que sou um sonhador: para mim o conteúdo bastava, e sobre ela eu pensei que esperaria.

Assim se passou todo o inverno, numa espécie de espera por algo. Eu gostava de olhá-la furtivamente, quando estava sentada, às vezes, à mesa. Ela ficava envolvida no trabalho, cuidava das roupas, e à noite, de vez em quando, lia livros que pegava do meu armário. A variedade de livros no armário também devia testemunhar a meu favor. Ela praticamente não saía. Antes do crepúsculo, após o almoço, eu a levava todos os dias para passear, e nós fazíamos a caminhada não mais em completo silêncio, como antes. Eu me esforçava para fingir que não estamos calados, e conversávamos de maneira cordata, mas, como já disse, nenhum de nós se aprofundava na conversa. Eu fazia de propósito, ela, eu pensava, é que precisava "dar um tempo". Claro, é estranho que quase até o final do inverno não tenha me ocorrido nem uma vez que gosto de olhá-la às escondidas, mas não captei nenhum olhar dela sobre mim em todo o inverno. Eu pensava que era timidez. Ela tinha um ar de docilidade e timidez tão grande, de tanta fraqueza, depois da doença. Não, melhor esperar e – "de repente ela virá sozinha para você...".

Esse pensamento me encantava, irresistível. E mais: às vezes eu me atiçava, como que de propósito, e realmente levava meu espírito e minha mente a um ponto, como se estivesse magoado com ela. E assim continuou por algum tempo. Mas meu ódio nunca pôde amadurecer e se fortalecer em minha alma. E eu mesmo sentia que isso não passava, talvez, de um jogo. E ainda então, embora tivesse rompido o casamento ao comprar a cama e os biombos, nunca, nunca consegui ver nela uma criminosa. Não porque julgasse seu crime de maneira leviana, mas porque pretendia perdoá-la completamente, desde o primeiro dia, antes mesmo de ter comprado a cama. Em resumo, esta é uma estranheza minha, porque sou de moral severa. Pelo contrário, aos meus olhos ela estava tão derrotada, tão humilhada, esmagada, que me compadecia dolorosamente dela às vezes, embora ao mesmo tempo me agradasse a ideia de sua humilhação. A ideia de nossa desigualdade me caía bem...

Aconteceu neste inverno de eu fazer algumas boas ações de propósito. Perdoei a dívida de duas pessoas, paguei uma mulher pobre sem qualquer penhora. Não contei a minha esposa sobre isso, e não o fiz para que ela mesma descobrisse; mas a própria mulher veio agradecer, quase de joelhos. De modo que se tornou público; tive a impressão de que ela realmente gostou de saber sobre a mulher.

Mas a primavera se aproximava, abril já estava pelo meio, as janelas foram abertas, e o sol adentrava nossos quartos silenciosos em intensos feixes de luz. Porém um véu pendia diante de mim e ofuscava minha mente. Um véu funesto, assustador! Como foi que aconteceu de tudo isso se afastar da minha vista e de repente eu não ser mais cego e tudo entender? Terá sido um acaso, ou chegado o dia tão urgente, ou foi um raio de sol em minha mente entorpecida que acendeu o pensamento e o vislumbre? Não, não o pensamento nem o vislumbre, aqui o sangue fluiu de repente por uma veia quase morta, estremeceu e ganhou vida, iluminando toda a minha alma e o meu orgulho diabólico. De um salto, saí do lugar onde estava. E também isso aconteceu de maneira repentina e inesperada. Aconteceu antes do anoitecer, às cinco horas mais ou menos, depois do almoço...

2. CAI O VÉU

Antes disso, direi duas palavras. Ainda um mês antes, percebi que ela estava estranhamente pensativa, não calada, mas pensativa. Isso também percebi de repente. Ela estava então ocupada com o trabalho, a cabeça inclinada sobre a costura, e não viu que eu a observava. De súbito fiquei surpreso ao perceber como ela ficara tão delicada, magrinha, o rostinho pálido, os lábios esmaecidos – isso tudo, somado ao fato de ela estar pensativa, desnorteou-me sobremaneira. Já antes eu ouvia uma tossezinha seca, principalmente à noite. Levantei-me de imediato e fui chamar Schroeder, sem contar nada a ela.

Schroeder chegou no dia seguinte. Minha mulher ficou bastante espantada, olhando ora para ele, ora para mim.

– Sim, eu estou bem – ela disse, com um sorriso irônico, indefinido.

Schroeder não a examinou com atenção (os médicos são às vezes descuidados em sua superioridade), mas só me falou no outro quarto que isso permaneceu depois da doença e que, com a chegada da primavera, não seria má ideia viajarmos para algum lugar com mar ou, se isso não fosse possível, simplesmente devíamos nos mudar para a *datcha*.[5] Em suma, ele não contou nada, só que ela estava fraca ou coisa assim. Quando Schroeder saiu, ela disse de novo, olhando para mim com seriedade:

– Estou totalmente saudável.

Mas, ao falar, enrubesceu, talvez de vergonha. Parecia vergonha. Ah, agora entendo: estava envergonhada porque ainda sou seu marido, me preocupo com ela, como se fosse um marido de verdade. Mas então não percebi e interpretei o rubor como resignação. (Esse véu!)

Então, um mês depois, por volta das cinco horas, num dia ensolarado de abril, eu estava no caixa, fazendo os cálculos, quando ouvi que ela estava em nosso quarto, sentada à sua mesa, trabalhando,

---

[5] *Datcha*: palavra russa para "casa de campo". (N. T.)

e começou a cantar, bem baixinho... Essa novidade me causou uma impressão tremenda, aliás ainda hoje não a entendo. Até ali, quase nunca a ouvi cantando, a não ser logo nos primeiros dias, quando a trouxe para casa e ainda conseguíamos nos divertir fazendo tiro ao alvo com o revólver. Sua voz era então bastante forte, sonora, embora insegura, mas imensamente agradável e saudável. Agora a canção soava tão fraquinha – não que fosse lastimosa (era alguma romança), mas era como se na voz houvesse algo trincado, quebrado, como se a voz não tivesse forças, como se a própria cançãozinha estivesse doente. Ela cantava a meia-voz, e ao levantar-se a voz se interrompeu, uma voz tão pobrezinha, cortou-se, minguada; ela pigarreou e outra vez, baixinho, baixinho, começou a cantar...

Os senhores rirão das minhas inquietações, porém ninguém compreenderá jamais por que me inquietei! Não, ainda não me apiedava dela, isso era algo completamente diferente. Primeiro, pelo menos nos primeiros minutos, veio de súbito a perplexidade e muito assombro, assustador e estranho, doloroso, quase vingativo: "Ela canta, na minha presença! Por acaso se esqueceu de mim?".

Bastante comovido, permaneci no lugar, depois levantei-me de repente, peguei o chapéu e saí, sem condição de pensar. Não sei por que nem para onde. Lukéria quis me dar o casaco.

– Ela está cantando? – perguntei, involuntariamente. Lukéria não conseguia entender, olhava para mim, continuava sem entender; aliás, eu realmente estava incompreensível.

– É a primeira vez que ela está cantando?

– Não, quando o senhor não está, ela canta às vezes – retorquiu Lukéria.

Lembro-me de tudo. Desci as escadas, saí para a rua, sem rumo. Fui até a esquina e comecei a olhar para um lugar qualquer, a esmo. As pessoas passavam, me empurravam, eu não sentia. Chamei um carro de aluguel, e nele quase fui na direção da ponte dos Policiais, não sei por quê. Mas depois de repente desisti e dei ao cocheiro uma moeda de duas grívnias:

– Isto é por ter te perturbado – disse, rindo sem nenhum motivo, mas em meu coração crescia uma espécie de arrebatamento.

Virei-me para voltar, apertando o passo. A nota musical trincada, pobrezinha, interrompida de repente, soou de novo em minha alma. Sentia minha respiração cortada. Caía o véu da minha visão! Se cantou na minha presença, então deve ter me esquecido – eis o que estava claro e assustador. Isso era o que meu coração sentia. Mas o arrebatamento brilhava em minha alma e era maior que o medo.

Que ironia do destino! Afinal não havia nem poderia haver nada diferente em minha alma naquele inverno, além desse arrebatamento, mas e eu mesmo, onde estive durante o inverno todo? E eu mesmo, estava junto da minha alma? Subi a escada correndo, não sei se entrei timidamente. Só lembro que o chão pareceu tremer, e eu, era como se nadasse no rio. Entrei no quarto; ela, sentada no mesmo lugar, costurava com a cabeça inclinada, mas já não cantava. Olhou rapidamente para mim, sem curiosidade, só que não era um olhar, era apenas um gesto, comum, indiferente, para alguém que entra no quarto.

Aproximei-me logo dela e sentei na cadeira, encostado, como um demente. Ela me olhou de imediato, parecia assustada: peguei a sua mão e não me lembro bem do que lhe disse, ou melhor, do que queria dizer, porque nem conseguia falar corretamente. Minha voz se interrompia e não obedecia. Eu não sabia o que dizer, só arfava.

– Vamos conversar... sabe... diga alguma coisa! – Balbuciei algo sem nexo de repente... ah, não estava preocupado com isso! Ela estremeceu e se esquivou espantada, olhando para o meu rosto, mas de repente uma surpresa dura expressou-se em seus olhos. Sim, uma surpresa, e era severa. Ela me olhava com olhos grandes. Essa severidade, essa surpresa severa, esmagou-me de uma só vez. "Então você ainda quer amor? Amor?" – como que perguntou com essa surpresa, apesar de permanecer calada. Mas eu interpretei tudo, tudo. Tudo em mim estremeceu, e simplesmente desabei a seus pés. Sim, eu caí a seus pés. Ela se levantou de um pulo, mas eu segurei suas mãos com bastante força.

E compreendi totalmente o meu desespero, ah, sim, eu compreendi! Mas – será que acreditam? – o arrebatamento fervia tão incontrolável em meu coração que achei que fosse morrer. Eu beijava seus pés, em êxtase e felicidade. Sim, felicidade, desmesurada e infinita, e isso perante a compreensão de todo o meu desespero sem saída! Eu chorava, dizia algo, mas não conseguia falar. O assombro e a estranheza nela de repente deram lugar a um pensamento preocupado, uma pergunta urgente; ela me olhava de forma estranha, selvagem até, queria entender alguma coisa o quanto antes, e sorriu. Estava muito envergonhada por eu beijar seus pés; ela os retirava, mas eu imediatamente beijava o chão onde ela pisava. Ela viu isso e começou a rir, envergonhada (sabem quando alguém ri de vergonha?). Veio a histeria, percebi; suas mãos tremiam – eu não dava atenção a isso e murmurava que a amo, que não vou me levantar. "Deixa-me beijar o teu vestido... idolatrar-te assim por toda a vida..." Não sei, não me lembro – de repente ela se pôs a chorar e a tremer, num terrível ataque de histeria. Eu a assustara.

Carreguei-a para a cama. Quando o ataque passou, sentando-se na cama, com aparência mortificada, ela agarrou minhas mãos pedindo que eu me acalmasse: "Basta, não se torture, acalme-se!". E começou novamente a chorar. Não saí de perto dela a noite toda. Fiquei dizendo que a levarei para Bolonha, para tomarmos banho de mar, agora, neste momento, em duas semanas, que a sua vozinha está tão trincada, eu ouvi no dia anterior, que fecharei a casa de penhores, venderei para Dobronrávov. Que tudo será novo, e o principal, para Bolonha, para Bolonha! Ela escutava e continuava com medo, cada vez mais. Mas o importante para mim não era isso, e sim que eu desejava cada vez mais e incontrolavelmente deitar-me outra vez a seus pés, e beijar, beijar de novo o chão onde ela pisa, e idolatrá-la e... "Não vou perguntar mais nada, mais nada", eu repetia a cada minuto, "não respondas nada, nem sequer me percebas, só permite que te olhe de um canto, transforma-me em um objeto teu, um cachorrinho..." Ela chorava.

– Pensei que fosse me deixar assim – as palavras lhe escaparam involuntárias, tão involuntárias que talvez ela nem tenha notado como falou, e no entanto, ah, isso era o mais importante, sua palavra mais fatal e mais compreensível para mim naquela noite, e senti como se uma faca tivesse ferido meu coração! Essa palavra explicou tudo para mim, tudo mesmo, porém enquanto ela estava ao lado, diante dos meus olhos, permaneci confiante e incrivelmente feliz. Ah, eu a cansei muito nessa noite e percebi isso, mas pensava sem parar que mudaria tudo de imediato. Mais à noite, ela acabou perdendo por completo as forças; eu a convenci a dormir, e ela adormeceu na hora, profundamente. Eu esperava pelo delírio, e houve delírio, mas o mais leve. Levantei-me à noite quase a cada minuto, vinha em silêncio, de pantufas, ver como ela estava. Torcia as mãos debruçado sobre ela, olhando essa criatura doente, sobre a maca pobre, caminha de ferro que eu comprara então por três rublos. Ajoelhava-me, mas não ousava beijar os pés da adormecida (sem a sua vontade!). Punha-me a rezar a Deus, porém me levantava de um salto outra vez. Lukéria olhava, atenta, saía da cozinha com frequência. Fui até ela e disse que fosse se deitar, que amanhã começaria "algo completamente novo".

E eu acreditava nisso cegamente, loucamente, fortemente. Ah, o arrebatamento, o arrebatamento que me inundava! Esperava apenas chegar o amanhã. Principalmente, não acreditava em nenhuma desgraça, apesar dos sintomas. A consciência ainda não me voltara toda, apesar de o véu ter caído, e ficou muito, muito tempo sem retornar – ah, até hoje, até hoje! E como, como poderia então retornar? Afinal, ela ainda estava viva, estava ali diante de mim, e eu na frente dela. "Ela vai acordar amanhã, e eu lhe direi tudo, ela entenderá." Eis o meu raciocínio de então, simples e claro, por isso o arrebatamento! A principal coisa aqui é a viagem para Bolonha. Por alguma razão eu pensava que Bolonha era tudo, que em Bolonha algo conclusivo aconteceria. "Para Bolonha, para Bolonha!", e esperava com loucura pela manhã.

3. ENTENDO BEM DEMAIS

Isso ocorrera havia apenas alguns dias, cinco dias, só cinco dias, terça-feira passada! Não, não, só um pouco de tempo a mais, esperasse só um pouquinho e... eu teria dissipado a escuridão! E por acaso ela não se acalmou? Já no dia seguinte ela me escutava com um sorriso, apesar do atordoamento... Durante todo esse tempo, todos os cinco dias, ela esteve atordoada ou envergonhada. Tinha medo também, muito medo. Não estou discutindo, não vou retrucar como um demente: havia o medo, mas como ela podia não ter medo? Afinal, nos tornamos estranhos um para o outro havia tanto tempo, nos desacostumamos um do outro, e de repente tudo isso... Mas eu não dava atenção ao seu medo, algo novo brilhava!... Verdade, sem dúvida é verdade que cometi um erro. Talvez até muitos erros. Quando acordamos no dia seguinte, já de manhã (era quarta-feira), cometi imediatamente um erro:

fiz dela uma amiga. Apressei-me demais, demais, porém a confissão era necessária, que nada, mais que uma confissão! Não escondi nem mesmo aquilo que escondera até de mim a vida toda. Simplesmente aliviei meu coração, contando que durante todo o inverno só tive certeza do seu amor. Expliquei que a casa de penhores era somente a decadência de minha vontade e de minha mente, ideia pessoal de autoflagelação e ostentação. Expliquei que realmente me acovardara na cantina então, devido ao meu caráter, por desconfiança: surpreendera-me com o ambiente, com a cantina – como de repente vou parecer? Não parecerei estúpido? Não me acovardara pelo duelo, mas por poder parecer estúpido... E depois já não queria confessar, e torturei todos e ela também por isso, e em seguida me casei, para torturá-la por aquilo. Eu falava como se estivesse febril. Ela mesma me pegava pelas mãos e pedia que parasse: "Não exageres... não te tortures" – e novamente começavam as lágrimas, outra vez os quase ataques! Ela continuava a pedir que eu não dissesse nada disso e que não recordasse.

Não dei nenhuma ou quase nenhuma atenção às súplicas: primavera, Bolonha! Lá tem sol, lá está o nosso novo sol, eu só dizia isso! Tranquei o caixa, passei o negócio para o Dobronrávov. Sugeri de repente a ela que distribuísse tudo aos pobres, com exceção dos primeiros três mil, recebidos da madrinha, que pagariam a viagem para Bolonha. Depois voltaremos e iniciaremos uma nova vida de trabalho. E ficamos assim, pois ela não disse nada... apenas sorriu. E, talvez tenha sorrido mais por delicadeza, para não me magoar. Afinal, eu percebia que sou um peso para ela, não pensem que sou tão estúpido e tão egoísta a ponto de não perceber isso. Eu via tudo, tudo até o último detalhe, via e sabia melhor que ninguém; meu desespero era visível!

Eu lhe contava o tempo todo sobre mim e sobre ela. E também sobre Lukéria. Contei que tinha chorado... Ah, enfim eu mudava de assunto, também me esforçava para não lembrar certas coisas. E ela até se animou, vez ou outra, afinal eu me lembro, eu me lembro! Por que os senhores estão dizendo que eu olhava e não via nada? E se isso não tivesse ocorrido, tudo teria ressuscitado. Afinal, ela não me contara anteontem, quando o assunto passou para a leitura e o que ela lera durante o inverno? Ela contava, e ria quando se lembrava dessa cena de Gil Blas[6] com o arcebispo de Granada. Com que riso infantil, tão querido, exatamente como antes, quando noiva (durou um instante! um instante!). Como eu estava feliz! Isso me impressionou muito, no entanto, com relação ao arcebispo, pois ela encontrara afinal tanta paz de espírito e felicidade para rir da obra-prima quando convalescia no inverno. Agora ela já começava a ficar bem calma, passando a crer fortemente que a deixaria assim. "Pensei que me deixaria assim" – eis o que afinal ela pronunciou então, na terça-feira! Oh, imaginação de menina de dez anos! Ela acreditava, acreditava mesmo que na verdade tudo ficaria assim: ela em sua mesa e eu na minha, assim ficaríamos até os sessenta anos. E de repente chego eu, o marido

---

[6] Referência ao personagem de *L'Histoire de Gil Blas de Santillane*, romance picaresco escrito por Alain-René Lesage entre 1715 e 1735. Considerado o último grande romance picaresco antes de o gênero dar um passo para o realismo inglês com as obras de Tobias Smollett ou Henry Fielding, que foram influenciados por ele. Gil Blas é mencionado em *Facino Cane*, de Honoré de Balzac, numa passagem em que o protagonista promete guardar para o narrador "contos de aventuras dignos de Gil Blas". (N. T.)

– e o marido precisa de amor! Oh, mal-entendido, oh, cegueira minha!

Também foi um erro que eu a olhasse com arrebatamento; eu devia ter me contido, pois o arrebatamento a assustava. Mas eu me continha, sabem, e já não beijava seus pés. Não demonstrei nem uma vez que... bem, que sou o marido – ah, isso nem passou pelo meu pensamento, eu só a adorava! Mas realmente não era possível ficar em silêncio total, não era possível não dizer absolutamente nada! Informei de repente a ela que me deleito com sua conversa e que a considero incomparavelmente mais culta e desenvolvida que eu. Ela ficou corada, embaraçada, disse que estou exagerando. E então, por tolice, não resisti e contei como fiquei maravilhado quando, parado atrás da porta, escutei o seu duelo, o duelo entre a inocência e aquele animal, e como me deleitei com sua sagacidade, com o brilho de sua engenhosidade, com sua simplicidade tão infantil. Ela como que estremeceu toda, tentou balbuciar outra vez que eu exagerava, mas de repente seu rosto ficou sombrio, ela o cobriu com as mãos e pôs-se a chorar... Não me contive: novamente caí a seus pés, e outra vez tudo terminou com um ataque, como na terça-feira. Isso aconteceu ontem à noite, e de manhã... De manhã? Loucura, essa manhã foi hoje, ainda há pouco, agora há pouco!

Ouçam e fiquem inteirados: pois quando nos reunimos antes junto ao samovar (isso depois do ataque de ontem), ela mesma até me espantou com sua tranquilidade, eis o que tinha acontecido! Tremi de medo a noite toda depois de ontem. Mas de repente ela se aproxima, parando sozinha na minha frente e cruzando os braços (há tão pouco tempo, tão pouco!), e começa a me dizer que é uma criminosa, que sabe disso, que seu crime a atormentou o inverno todo e ainda atormenta... que ela valoriza demais minha grandeza de espírito... "Vou ser uma esposa fiel, vou respeitá-lo..." Pus-me em pé de um pulo e abracei-a como um louco! Eu a beijava, beijava seu rosto, seus lábios, como um marido, pela primeira vez depois de longa separação. E para que fui sair depois, só por duas horas...? Nossos passaportes para a viagem ao exterior... Oh, Deus! Apenas cinco minutos, devia ter voltado cinco minutos mais cedo!... E essa multidão no portão, esses olhares sobre mim... oh, Senhor!

Lukéria diz (ah, agora não deixarei Lukéria ir embora, por nada, ela sabe de tudo, ficou o inverno todo, vai me contar tudo) – ela diz que, quando saí de casa, uns vinte minutos antes da minha volta, entrou de repente em nosso quarto, para perguntar alguma coisa à patroa, não lembro o quê, e viu que a imagem dela (aquela mesma, da Virgem) foi retirada da moldura e colocada em pé na sua frente, sobre a mesa, enquanto a patroa parecia que tinha acabado de rezar diante dela. "Aconteceu alguma coisa, patroa?" "Não, Lukéria, vá... Espere, Lukéria." Aproximou-se e a beijou. "A senhora está feliz, digo, patroa?" "Sim, Lukéria." "Faz tempo, patroa, o patrão devia pedir perdão à senhora... Graças a Deus fizeram as pazes." "Está bem, Lukéria", ela disse, "saia agora." E sorriu assim meio estranha. Tão estranha que Lukéria voltou depois de dez minutos para dar uma olhada: "Estava parada junto à parede, bem perto da janela; apoiou a mão na parede e encostou a cabeça na mão; estava pensando. E tão imersa em seus pensamentos que nem percebeu que eu a estava observando. Vejo como se ela estivesse sorrindo, em pé, pensando e sorrindo. Eu a olhei, virei-me em silêncio e saí, matutando comigo mesma, só que de repente ouço que abriram a janela. Na hora voltei para dizer: 'Está fresquinho, patroa, veja se não se resfria', e de repente a vejo em pé na janela aberta, de costas para mim, segurando a imagem nas mãos. Meu coração se apertou. Gritei: 'Patroa, patroa!'. Ela ouviu, fez menção de voltar-se para mim, mas não. Deu um passo, apertou a imagem contra o peito e... jogou-se da janela!".

Só lembro que, quando entrei pelo portão, ela ainda estava quente. O pior: todos me olhavam. Primeiro gritavam, mas de repente se calaram e abriram caminho à minha frente, e... ela estava lá, caída, com a imagem. Lembro, como numa penumbra, que me aproximei em silêncio e a olhei longamente, e todos me rodearam, dizendo alguma coisa. Lukéria estava aqui, mas não a vi. Ela diz que falou comigo. Lembro-me apenas daquele burguês que gritava para mim: "Só um filetezinho de sangue escorreu da boca, só um filetezinho, um filetezinho!", mostrando-me o sangue sobre a pedra. Acho que toquei o sangue, sujei o dedo, fiquei olhando para ele (isso eu lembro), enquanto o burguês continuava: "Só um filetezinho, um filetezinho!".

– Mas o que é isso, "um filetezinho"? – berrei, dizem, com todas as minhas forças, levantei os braços e me joguei sobre o burguês... Oh, que selvagem, selvagem! Mal-entendido! Inverossímil! Impossível!

4. APENAS CINCO MINUTOS

E não é assim? Por acaso isso é verossímil? Por acaso dá para dizer que isso é possível? Para que, por que essa mulher morreu?

Ah, acreditem, eu entendo; mas para que ela morreu – ainda é uma questão. Assustou-se com o meu amor, perguntou-se seriamente: aceitar ou não aceitar, e não suportou a pergunta e achou melhor morrer. Sei, sei, não vale a pena quebrar a cabeça: fez promessas demais, assustou-se pensando que não conseguiria honrá-las – está claro. Existem aqui algumas circunstâncias absolutamente horríveis.

Pois para que ela morreu? A questão permanece, martelando meu cérebro. Eu a teria deixado assim, se ela quisesse, para que assim ficasse. Ela não acreditou nisso, eis o que é! Não, não, mentira, não é isso. Simplesmente porque comigo seria necessário ser honesta: amar, amar por inteiro, mas não do modo como amaria o comerciante. Mas como ela era virtuosa demais, pura demais para concordar com esse amor de que o comerciante necessitava, não quis me enganar. Não quis me enganar com meio amor ou um quarto de amor disfarçado de amor. Muito honesta, senhores! E eu que quis incutir-lhe a grandeza de coração, lembram? Estranho pensamento.

Muito curioso: será que ela me respeitava? Não sei se me desprezava ou não. Não acho que desprezasse. Muito estranho: por que em todo o inverno não me veio à mente que ela me desprezava? Estava absolutamente certo do contrário até aquele minuto, quando ela me olhou com um espanto severo. Precisamente severo. Foi quando entendi que ela me desprezava. Entendi sem volta, para sempre! Ah, que desprezasse, nem que fosse a vida inteira, mas... que vivesse, vivesse! Há pouco ainda andava, falava. Não consigo entender como se jogou da janela! Como eu poderia ter imaginado mesmo cinco minutos antes? Chamei Lukéria. Agora não a deixarei ir embora, por nada!

Sim, ainda podíamos ter nos entendido. Só nos desacostumamos muito um do outro durante o inverno, mas por acaso não era possível acostumar-nos outra vez? Por que, por que não poderíamos nos unir e começar de novo, uma vida nova? Sou generoso, ela também – aqui está o ponto de contato! Mais algumas palavras, dois dias, não mais, e ela teria entendido tudo.

Principalmente é uma lástima que tudo isso seja um acaso – um acaso simples, bárbaro, rotineiro. Que lástima! Cinco minutos, somente, só me atrasei cinco minutos! Tivesse chegado cinco minutos antes, e o momento voaria como uma nuvem, e isso nunca mais viria a sua mente. E terminaria com ela entendendo tudo. Mas agora outra vez os quartos estão vazios, outra vez estou sozinho. Lá está o pêndulo marcando o passo, ele não se importa, não sente pena de nada. Não tenho ninguém – que desgraça!

Eu ando, ainda ando. Sei, sei, não sugiram: os senhores acham engraçado que eu lamente o acaso e os cinco minutos? Mas isso é óbvio. Considerem uma coisa: ela não deixou nem um bilhete, nada dizendo "não culpem ninguém pela minha morte", como todos deixam. Será que ela não conseguiu imaginar que poderão perturbar até Lukéria: "Esteve sozinha com ela", diriam, "então você mesma a empurrou". No mínimo iriam maltratá-la sem que tivesse culpa, se quatro pessoas do prédio não tivessem visto das janelas da ala anexa e do quintal como ela ficou em pé na janela com a imagem nas mãos e se atirou sozinha. Mas, afinal, isso também é um acaso, o fato de as pessoas estarem lá e verem. Não, tudo isso é um instante, um único instante inexplicável! O inesperado e a fantasia! E daí que rezara em frente à imagem? Isso não implica que fosse antes da morte. O momento todo durou, talvez, só uns dez minutos, toda a resolução, exatamente quando estava encostada à parede, com a cabeça apoiada na mão, e sorria. A ideia invadiu sua cabeça, tomara lugar e ficou ali, girando – ela não conseguiu resistir.

Claramente aconteceu um mal-entendido, como queiram. Era possível ainda viver comigo. E se tivesse anemia? Simplesmente de anemia, de esgotamento da energia vital? Cansou-se durante o inverno, é isso...

Cheguei tarde!!

Como ela está magrinha no caixão, como se afilou seu narizinho! Os cílios repousam como flechinhas. E como caiu, não esmagou nada, não quebrou! Só esse "filetezinho de sangue". Ou seja, uma colher de sobremesa. Comoção interna. Pensamento estranho: e se fosse possível não enterrar? Porque se a levarem...

oh, não, levar é quase impossível. Oh, sei que devem levá-la, não sou louco nem estou delirando, pelo contrário, minha mente nunca brilhou assim. Mas como pode ser? – outra vez ninguém em casa, outra vez os dois quartos, outra vez eu sozinho com os penhores. Delírio, eis o delírio! Eu a esgotei – é isso!

De que me adiantam agora suas leis? De que me valem seus costumes, hábitos, sua vida, seu país, sua fé? Deixem que seu juiz me julgue, levem-me ao tribunal, seu tribunal público, e eu direi que não reconheço nada. O juiz gritará: "Quieto, oficial!". E eu gritarei: "Onde está agora essa sua força, para que eu obedeça? Por que a sombria rotina destruiu aquilo que é mais caro? De que então me valem suas leis? Estou fora". Ah, não me importo!

Cega, cega! Está morta, não pode ouvir! Você não sabe com que paraíso eu a cercaria. O paraíso estava na minha alma, eu o plantaria ao seu redor! E daí, você não me amaria, deixe, o que é que tem? Tudo ficaria assim, tudo permaneceria assim. Você me contaria coisas, como para um amigo, e nos alegraríamos e riríamos com alegria, olhando nos olhos um do outro. E viveríamos assim. E se amasse outro, não faz mal, não faz mal! Você iria com ele e riria, enquanto eu ficaria olhando do outro lado da rua... Ah, nada importa, só importa que você abrisse os olhos pelo menos uma vez! Por um instante, só um instante! Você me olharia, assim, como há pouco, quando estava em pé na minha frente e jurou que seria uma esposa fiel! Ah, com um só olhar, entenderia tudo!

Rotina! Oh, natureza! Os homens estão sozinhos sobre a terra – que desgraça! "Existe algum homem vivo no campo?", grita o bogatir[7] russo. Também grito, eu, não o bogatir, e ninguém responde. Dizem que o sol vivifica o universo. O sol se levanta e – olhem para ele, por acaso não está morto? Tudo está morto, os mortos estão em toda parte. Só há as pessoas, mas ao redor delas só o silêncio – isso é a terra! "Amai-vos uns aos outros" – quem disse isso? De quem é esse mandamento? Marca o passo o pêndulo insensível, nojento. Duas horas da manhã. Os sapatinhos dela estão perto da cama, como se a esperassem... Não, sério, quando a levarem amanhã, o que será de mim?

---

[7] Bogatir: herói épico masculino de tradição eslava. (N. T.)

Este livro foi impresso pela Prol Editora Gráfica
em fonte Minion Pro sobre papel Norbrite Cream 67 g/m²
para a Edipro no inverno de 2017.